W0213826

Herz und Verstand

Hassan Mbarek

Copyright © 2018 Hassan Mbarek

Alle Rechte vorbehalten.

ISBN:
9781729416792

Inhalt

Herz und Verstand

Der schwerste Kampf, den man führen kann, ist der Kampf gegen sich selber, was dich zurückhält, um neu anzufangen bist du selber, was dich nicht nach vorne schauen lässt, das bist du selber.

Der Kampf, den man führt zwischen Herz und Verstand, der größte Kampf auf deinem Weg, der dich zerstören kann, aber solltest du diesen Kampf überwinden, dann ist dies das Ticket für einen Neuanfang.

Du bist zwischen deinem Verstand und Herz, lässt dich von beiden hin und her reißen, aber weißt nicht, welcher der richtige Weg von den beiden ist, deswegen steigt bei dir der Druck und du fängst an zu zweifeln.

Dein Verstand will, dass du mit allem abschließt und dich auf die Zukunft fokussierst, aber dein Herz ist nicht in der Lage mit bestimmten Dingen abzuschließen.

Du willst am liebsten alles vergessen, aber viel zu viel Schmerz hat dein Herz gespürt und viel zu viele Erinnerungen sind im Kopf bei dir verblieben.

Hier Schreibt

Hier schreibt ein Junge, dessen Traum war, anderen Leuten mit seinen Texten zu helfen, ich bin wie du und bin nicht etwas besseres, deswegen weiß ich, wie manche Menschen sich fühlen.

Ich kenne die harten Tage, die Tage wo man kein Sonnenlicht mehr sieht, aber ans Aufgeben hab ich nie gedacht, denn ich kannte meinen Wert und worauf es ankommt auf dieser Welt, deswegen will ich dies auch mit dir teilen, in der Hoffnung, dass du neue Kraft dadurch bekommst.

Ich weiß, wie es sich anfühlt, wenn diese Welt einen auffrisst. Ich hätte aufgegeben, aber wir leben für das Paradies und nicht für diese Welt.

Allein Gott weiß, was gut und schlecht für uns ist, deswegen vertrau auf Gott, denn es passiert nichts ohne Grund, es mag sein, dass es dich sehr hart trifft, aber Gott hat für dich einen Plan.

Wir werden glücklich, wenn wir uns weniger Gedanken machen, denn bei Gott ist schon alles vorgeschrieben. Was uns zusteht, wird uns keiner nehmen.

Unsere Wege

Weißt du, was an der Liebe so besonders ist, an Menschen die füreinander bestimmt so besonders ist, dass sie sich immer wieder finden, egal wie oft ihre Wege sich trennen.

Egal, wie lange sie getrennte Wege gehen, es kommt die Zeit, wo ihre Wege sich kreuzen werden, weil das Schicksal es soll will und keiner könnte dies ändern, außer Gott.

Manchmal müssen sich die Wege trennen, um zu merken, wie sehr diese eine Person einem wichtig ist, um zu fühlen, wie stark die Liebe zu der einen Person ist.

Es ist wichtig. dass du auf deinem Weg nicht stehen bleibst, nur weil du mit einer Person nicht mehr den gleichen Weg läufst.

Egal, welchen Weg du gehen wirst und mit wem, du wirst in jedem Fall Steine auf dem Weg haben, deswegen darfst du nicht an deinem Weg zweifeln.

Manchmal passieren uns Dinge, die uns total in den Abgrund schießen, aber im Laufe der Zeit merken wir, dass es so doch besser war.

Alles wird gut

Alles wird gut, du schaffst da schon, dein Wille wird belohnt, bleib geduldig und lass dich nicht runterziehen.

Alles wird gut, lass dein Kopf nicht hängen, was uns nicht glücklich macht, lässt uns stärker werden.

Alles wird gut, lass die anderen reden, geh deinen Weg im Alleingang, was zählt ist, was du von dir denkst.

Alles wird gut, du brauchst keine Angst zu haben, lass dein Ziel nicht aus den Augen und steh jetzt auf, deine Zeit ist gekommen.

Wer nicht hinter dir steht, der steht dir nur im Weg und solche Personen brauchst du nicht, du bist verantwortlich für deinen Triumph, deswegen lass dich niemals aufhalten.

Uns bleibt so wenig Zeit, du darfst nicht alles auf morgen verschieben und hoffen, dass die Dinge sich von alleine ändern, du musst endlich aufstehen.

Das Ziel kommt nicht zu dir, sondern du musst dich zum Ziel bewegen, du musst weiter laufen, weiter kämpfen, bis du den Triumph hast, den du dir gewünscht hast.

Am Ende

Auch wenn du gerade am Ende bist, denk an die positiven Dinge in deinem Leben und wenn du keine findest, dann hör auf dich zu erniedrigen und stell dich gegen allem, gegen deine Gefühle, Trauer, Ängsten und Leid.

Atme neue Luft ein und wechsle deine Richtung, was uns bleibt sind Erinnerungen, deswegen vertiefe dich nicht in die Vergangenheit, sondern leb für die Zukunft, lass endlich Platz für neue Erinnerungen und für eine neue Zeit.

Hättest du eine Zeitmaschine würdest du sie sicherlich benutzen, um in der Vergangenheit so vieles zu ändern, aber du bist selbst die Zeitmaschine für deine Zukunft, du entscheidest, wohin dein Weg führen wird, deswegen achte auf dich und lass die anderen reden.

Wenn du gerade am Ende bist und nicht weißt, wie es weiter gehen soll, dann frag dich selber, wo du dich in Zukunft sehen willst, male dir anschließend deinen Weg.

Du brauchst keine Angst zu haben, lass alles um dich herum fallen, was dir schadet und fang von neu an.

Denk an die Zeit

Denk an die Zeit, denn der Zeiger bleibt nicht auf der Uhr stehen. Während du ans Aufgeben denkst, verpasst du neue Auswege und Chancen.

Mit jeder Sekunde die wir verschwenden, entfernen wir uns ein Stück von unserem Ziel, weil die Zeit das kostbarste auf dieser Welt ist.

Erfolgreiche Menschen nutzen ihre Zeit stets sinnvoll und überlegen, weil uns am Ende nicht viel von der Zeit übrig bleibt. Die Jahre vergehen wie im Flug und uns bleibt nichts anderes übrig, als hinterher zu schauen.

Die Zeit nimmt unsere Kräfte, lässt uns älter werden und im Laufe der Zeit verlieren wir auch geliebte Menschen, deswegen steh auf und nutz die Zeit, anstatt sie mit Trauer zu verschwenden.

Es ist nie zu spät, um was zu ändern, solange der Zeiger für dich noch tickt, aber sei dir bewusst, dass es auch für dich mal ein Ende geben wird, deswegen denk drüber nach und nutz deine zukünftige Zeit anders.

Der Grund

Der Grund, warum wir sehr oft verletzt werden ist, dass wir uns zu oft falsche Hoffnungen machen, wir wollen nur das Gute in den Menschen sehen, die wir lieben, das Schlechte wollen wir gar nicht sehen, als wären wir blind.

Und so entsteht der nächste Grund, warum wir verletzt werden und immer mehr in Leid versinken, weil wir die Augen nicht öffnen, denn wir sind blind vor Liebe, weil wir zu oft wegschauen, ob es bei den Fehlern ist, oder wie schlecht uns Menschen behandeln.

Während wir alles zulassen, folgt der nächste Grund, warum wir verletzt werden, denn wir setzen keine Grenzen, und wenn man keine Grenzen setzt, dann kann man sich auch nicht selbst beschützen. Der Mensch muss wissen, ok, ich geh zu weit..

Ich sage dir, wenn du einen Menschen kennenlernen willst, dann lass dich von Taten überzeugen, denn schöne Worte machen dir nur falsche Hoffnungen.

Die Tage

Die Tage vergehen wie im Flug und ich wünsch mir manchmal, dass die Zeit für paar Sekunden anhält, denn schöne Momente sind weniger geworden und in meiner Welt herrscht viel Hass.

Die Tage formten jeden Menschen anders, der eine hat sich mit dem schlechten vertraut gemacht, obwohl er aus einer guten Familie kommt, während der andere seine Eltern stolz gemacht hat, mit seinem Abitur Abschluss.

Die Tage haben uns kälter gemacht und seitdem du fortgegangen bist, vergeht kein Tag, wo ich nicht an dich denke, wo ich nicht deine Stimme vermisse.

Es gibt gute und schlechte Tage, aber die schlechten haben uns innerlich zerstört, deswegen haben viele den Glauben an Gott verloren, aber dies darf dir nicht passieren, du musst auf Gott vertrauen.

Gott prüft uns jeden Tag, deswegen darfst du nicht denken, dass es eine Last von Gott ist, denn nach jeder grauen Wolke folgt ein Sonnenschein, bleib geduldig.

Die Tränen

Die Tränen erzählen Geschichten, der eine vergoss Tränen, weil er seine Eltern im Krieg verloren hat und der andere vergoss Tränen, weil er nicht das neueste Handy bekam.

Die Tränen lügen nicht, denn das Mädchen, welches immer Liebe mit sich trug, wurde so hart verletzt, dass sie jede Nacht Tränen vergießt.

Die Tränen bringen Leid mit sich, denn die Mutter, die an Krebs erkrankt ist, weint heimlich, um ihre Kinder nicht mehr traurig zu machen.

Die Tränen bedeuten Geduld, denn der Vater, der seinen Söhnen den letzten Cent gab den er besaß, sitzt heute alleine im Haus, weil keiner ihn bei sich haben will.

Die Tränen gehören zu einem Kämpfer, denn der Junge, der ständig ausgelacht wurde, wirkt für die Jugend heute wie ein Retter mit seinen Texten.

Die Tränen sind bei jedem gleich, aber jede Träne erzählt ihre eigene Geschichte.

Diese Frau

Sie fragen, was bedeutet dir diese Frau, ich würde sie gerne beschreiben, aber dafür fehlen mir die Worte, denn sie ist unbeschreiblich.

Ihre Art, lässt mich jeden Tag neu in Sie verlieben und wenn ich sie anschaue, dann vergesse ich alles um mich herum.

Andere wollen ihre Frau 24 Stunden bei sich haben, aber was sind 24 Stunden im Gegensatz zu der Ewigkeit? Ich will sie heute, morgen und für den Rest meines Lebens.

Ich erwähne deinen Namen jeden Tag in meinen Bittgebeten, lieber Gott beschütze uns vor bösen Augen und entferne das ganze Übel auf dieser Welt von uns.

Hayatim, dein Vater hat mein Wort, seine Tochter wird von mir beschützt bis zu meinem Tod, ebenso die Kinder, ich hab mir geschworen, niemals lass ich euch im Stich.

Möge Gott mich zu einem guten Vater machen, der seine Familie die nötige Liebe gibt, der gerecht zu seinen Kindern und Frau bleibt.

Eine Liebe endet nicht mit dem Tod, sondern lebt weiter im Jenseits. So Gott will im Paradies.

Diese Welt

Diese Welt ist oft unfair, obwohl man alles gibt, bekommt man am Ende nichts zurück, die Zeit auf dieser Welt, die vergeht sowie im Flug und die schöne Zeit, wo man gemeinsam lacht, ist leider viel zu kurz.

Ich erinnere mich noch, als ich klein war, da wollte ich unbedingt älter werden, dachte, dieses Leben zu meistern wäre zu einfach, aber je älter ich wurde, desto mehr begriff ich, dass dieses Leben manchmal, wie ein Kerker ist.

Auf dieser Welt gibt es selten Menschen, die dir nur das Gute wünschen, ich sah gute Menschen fallen, während die Schlechten hinauf stiegen.

Ich weiß, wie verdammt hart dieses Leben einen treffen kann, aber so ist es nun mal, Gott prüft jeden, deswegen darfst du nicht aufgeben.

Sieh dich mal um, jeder hat Probleme und jeder hat Sorgen, aber jeder Mensch hat Probleme und Sorgen auf einer unterschiedlichen Art und Weise.

Ich weiß nicht, was du mit deinem Leben vorhast, aber ich kann dir sagen, dass du alles schaffen kannst, auch wenn du gerade kurz vor dem Aufgeben bist.

Steh auf, dieses Leben verlangt viel Kraft, Tränen und Geduld, aber Gott hat einen Plan für dich.

Einseitige Liebe

Eins der schlimmsten Dinge die einen Menschen treffen kann ist, die einseitige Liebe, die Liebe, die nicht erwidert wird, auch wenn man alles dafür tut, damit man die Liebe zurückbekommt, die man gibt. Doch stattdessen wird man verletzt.

Bei jedem Kampf wird dir das Herz gebrochen, weil du ungewollt bei jemandem bist, für den du die Welt aufgeben würdest.

Es zerreißt dich innerlich, wenn du dran denkst, dass alles was du getan hast, nicht ausreichend war.

Du gibst so viel Liebe und bekommst gar nichts zurück, dadurch wächst der Hass in dir und du empfindest nur noch Wut in dir, weil du es nicht wahrhaben willst.

Aber weißt du was, du verdienst eine viel bessere Person, die deine Liebe schätzt, deine Liebe ehrt, deine Liebe auf Händen trägt.

Du verdienst eine Person, die dich glücklich macht, die deine reine Liebe pflegt.

Enttäuschung

Es kommen Menschen in dein Leben, von denen du nie erwartet hättest, dass sie dich mal enttäuschen, du opferst deine Zeit und Kraft für diese Menschen und der Dank dafür ist, du stehst am Ende alleine da.

Diese Person fragt nicht mehr nach dir, es ist ihr scheiß egal, wie es dir geht, was du machst, oder ob du am Ende bist oder nicht.

Obwohl diese Person dich so dreckig behandelt, sind wir am Ende die, die eine Million Texte schreiben, auf Nachrichten warten und der Person weiter hinterher rennen.

Mit der Zeit wird man so sehr enttäuscht, dass man nur noch Wut und Hass empfindet, wenn man den Namen dieser Person hört.

In vielen Situationen konnte ich nicht anders handeln, weil mein Herz es so wollte, ich konnte nicht wegschauen, ignorieren oder eiskalt sein, weil mein Herz es nicht zugelassen hat, auch wenn mein Verstand dagegen war.

Erinnerungen

Es gibt Dinge im Leben, die wirst du nie vergessen können, weil sie dich so krass verletzt oder dich zum glücklichsten Menschen der Welt gemacht haben.

Du wirst dich immer an bestimmte Personen erinnern, dich an die Zeit mit dieser Person erinnern. All das was du mit dieser Person erlebt hast, wird nie in Vergessenheit geraten.

Es gibt Erinnerungen, die dich zum lächeln bringen, bei denen du strahlst und dich gerne an sie erinnerst, wo du jedem von erzählst und stolz drüber bist.

Und es gibt Erinnerungen die dich zum weinen bringen, die du am liebsten aus deinem Kopf löschen willst, weil du diese Erinnerungen mit Schmerz verbindest.

Im Leben gibt es gute und schlechte Zeiten, deswegen soll man sich mehr an die schönen Erinnerungen erinnern und die schlechten bei Seite lassen.

Es mag sein, dass du die schlechten Erinnerungen nie vergessen wirst, aber du kannst dafür sorgen, dass sie dich nicht mehr verletzen.

Falsche Freunde

Ich war stets loyal zu allen und hatte Respekt, aber dies nutzten sie aus und schaufelten mein Grab mit ihren eigenen Händen.

Die Menschen, die ich Freunde genannt hab, sind mir in den Rücken gefallen und wollte mich fallen sehen, ohne Rücksicht.

Ich wollte niemanden schaden und hab jedem alles gegönnt, aber ihr Neid ergriff sie, sobald sie mich erfolgreich gesehen haben.

Ich will nicht aufzählen, was ich für sie alles geopfert habe, aber es tut weh, wenn ich dran denk.

Ich habe heute gelernt, dass es so viele falsche Menschen gibt, die dir nichts wünschen, dennoch solltest du deinen eigenen Weg weiter gehen und sie alle ignorieren.

Was sie über dich denken ist egal, bleib dir selber treu, wenn sie nicht zu dir treu waren.

Fehler

Fehler passieren, lass dein Kopf nicht hängen, bleib nicht auf deinem Weg liegen, sondern steh auf und kämpfe.

Glaub mir, wenn ich sage, dass der größte Fehler ist, nach einem Fehler liegen zu bleiben und nicht mehr nach vorne zu schauen.

Es ist egal, was für ein Fehler du gemacht hast, wir sind alle Menschen, die nicht fehlerlos sind, sogar ein Diamant hat Ecken und Kanten.

Es stimmt, wenn du der Meinung bist, dass es dich innerlich quält, aber manchmal müssen wir die Schmerzen spüren, damit wir uns ändern und aus den Fehlern lernen.

Fehler sind gut, denn ohne Fehler lernen wir nicht, wer keine Fehler macht, der hat in der Zukunft keine große Erfahrungen.

Erfahrungen brauchen wir, um die richtigen Entscheidungen zu treffen, ohne richtige Entscheidungen, wirst du nie weit kommen im Leben, es ist wie eine Kette.

Denk drüber nach..

Gib nicht auf

Ich weiß, wie bitter dieses Leben schmeckt, wie schmerzhaft es sein kann, aber gib nicht auf, du musst weiter kämpfen, denn das Leben ist eine Qual und du musst aufstehen.

Glaub mir, nur der Mensch, der vor dem Abgrund war, kann den Weg nach oben zeichnen und du hast die freie Wahl. Das Leben gibt dir jeden Tag die Wahl, ob du aufgibst oder aufstehst und kämpfst.

Du hast die Wahl, wenn du glücklich werden willst, dann musst du an dir was ändern, deine Einstellung vom Leben, deine Denkweise und lass die Vergangenheit vergangen sein.

Niemand steht einfach von seinem schlaf auf und wird glücklich, nur derjenige, dem es wichtig ist glücklich zu sein, kann glücklich werden.

Du musst aufhören mit den negativen Gedanken und anfangen an dein Leben geregelt zu führen. Es ist egal was andere darüber denken, denn du sollst damit glücklich werden und nicht die anderen.

Good Bye

Ich sage Good Bye und will euch nie wieder sehen, ich habe wegen euch meine Flügel verloren, egal was ich tat, ihr hattet immer was zu kritisieren.

Ich sage Good Bye, ich fange ab heute an zu fliegen, dahin wo mich keiner mehr fragt, warum ich so kalt bin, warum ich mit niemandem mehr reden will und warum mein Hass Tag zu Tag mehr wird.

Ich sage Good Bye und lasse alles hinter mir, ich weine nicht mehr, denn ich erkenne meinen Wert und dieses Herz was ich besitze, werden sie nie wieder brechen können.

Ich war oft zu gut und habe jedem die Hand gereicht, ohne Hintergedanken und ohne was zurückzuverlangen, ich war einer, bei dem man sagt, er würde sein letzten Cent geben, um andere dafür glücklich zu sehen.

Good Bye und spart euch eure Tränen, ihr habt mich nie wertgeschätzt, auch wenn es euch wirklich leid tut, ich schließe heute dieses Kapitel ab.

Ich wünsche jedem das Beste und ein schönes Leben.

Gott ist groß

Bei Gott steht schon alles geschrieben, alles was wir bekommen werden und was nicht.

Wenn eine Sache in deinem Leben nicht nach Plan läuft, dann sei niemals traurig, denn Gott weiß es am besten, warum es nicht geklappt hat.

Es könnte dir schaden, es wird nicht für ewig bleiben oder es wird dich eines Tages auf die schiefen Bahn bringen.

Um dich zu schützen wird Gott Menschen aus deinem Leben entfernen, deswegen lauf ihnen nicht hinterher.

Du bist kein Hund, deswegen bewahre dein Stolz und sei geduldig, denn Gott ist mit den Geduldigen.

In deinem Leben geschieht nichts ohne Grund, du musst immer bedenken, dass alles seinen Grund hat, deswegen lass dich von nichts unterkriegen.

Oft will man mit allem aufgeben und sieht keinen Sinn mehr im Leben, aber vergiss nicht, nur wer kämpft, kann gewinnen.

Ich denk an uns

Ich konnte es nicht wahrhaben, dass du mich verlassen hast, es hat mein Herz in die Luft gejagt, dass du nicht mehr mit mir bist, hat mich innerlich getroffen, ich konnte an nichts mehr anderes denken, als an uns.

Ich denke an die vielen Texte, die ich für dich geschrieben hab, an die Telefonate wo ich meine Tränen unterdrücken musste.

Ich habe alles getan, was ich tun konnte, um dir zu zeigen, dass es mit uns klappt, dass wir es schaffen werden, aber leider hast du dich gegen mich entschieden.

Ich denke an uns und frage mich, wie es soweit gekommen ist, du gehst heute dein Weg und ich mein Weg, aber es schmerzt, denn wir haben uns auf ewig geschworen einen gemeinsamen Weg zu gehen.

Es war deine Entscheidung und ich muss sie akzeptieren, aber du musst eins wissen, ich habe dich nie vergessen und werde es auch nie.

Was die Zeit aus uns beiden gemacht hätte, weiß nur Gott, aber ich wünsche dir dennoch nur das Beste für deine Zukunft.

Hoffnung

Ich habe mir so viele Hoffnungen gemacht, deswegen sitz ich nachts alleine und denke mir, wie konnte ich so naiv sein.
Wie konnte ich die Wahrheit verdrängen und die bittere Lüge glauben, es kann sein, dass ich in dem Moment nicht anders glücklich werden konnte.

Je mehr ich dran denk, desto mehr verfall ich in dem ganzen Schmerz, ich hätte mit einigen Dingen schon längst abschließen müssen, aber die Hoffnung ließ es nicht zu.
Die Hoffnung hat mir immer wieder die falsche Tür geöffnet, während ich mir ständig eingeredet hab, dass dies die richtige Entscheidung ist, in Wahrheit hab ich mich selbst belogen.

Dennoch ist es falsch, wenn man sich immer selbst Vorwürfe macht, warum man in manchen Situationen so gehandelt hat, warum man nicht klüger war und die Falschen nicht durchschaut hat.
Wir sind alle Menschen, die Tag für Tag etwas mehr lernen, erfahrener werden, sogar reifer.

Die klugen Menschen nehmen dies als Vorteil für sich und lernen draus, damit sie für die Zukunft besser vorbereitet sind, während die anderen sich mit jedem Fehler den sie machen, sich selbst zerstören.
Es mag sein, dass die Hoffnung dich in der Vergangenheit zerstört hat, aber lass nicht zu, dass du dadurch auch deine Zukunft kaputt machst.

Ich hab es geliebt

Ich habe es geliebt, wie du mich ansahst und gelächelt hast, ich hab die Sorgen um mich vergessen, mir war alles andere egal, denn ich hab es geliebt, wie du mich im Arm nahmst.

Ich habe es geliebt, wie du auf beleidigt getan hast und ich mit meiner albernen Art versucht hab dich zum Lachen zu bringen, ich habe es so geliebt, wenn du immer danach sagst, dass ich bescheuert bin, aber du mich dafür liebst.

Ich habe es geliebt, wie du meine Hand genommen hast, wenn es zwischen uns dicke Luft geherrscht hat, es hat mir Kraft gegeben und es hat mich vergessen lassen, was überhaupt zwischen uns geschah.

Ich habe es geliebt, wie du mich geärgert hast, denn du kanntest meine Schwachstellen und wusstest, womit du mich zu Weißglut bringen konntest, aber ich war dir nie böse.

Auch wenn du heute fortgegangen bist, ich bin dir nicht böse und du sollst deinen Frieden finden, es war eine schöne Zeit, die ich nie wieder vergessen werde, deswegen steht heute auf deinem Grab, ,,Dankeschön für die tolle Zeit.´´

Ich will

Ich will alles verdrängen, aber es geht nicht, die Gedanken in meinem Kopf töten mich innerlich, als würde Krieg in mir herrschen.

Ich will so vieles vergessen und ungeschehen machen, aber wer kann schon an der Uhr drehen, die Zeit läuft weiter und ich hab das Gefühl, dass ich nicht weiter komme.

Ich will zurück in die Vergangenheit und bestimmten Menschen so vieles sagen, was ich nie sagen konnte und so vieles anders tun.

Ich will nicht mehr dran denken, wie ich behandelt wurde und den Tag vergessen an dem mein Herz in tausend Stücke zerbrach, ich will endlich glücklich sein und mein Glück finden, ansonsten wird der Krieg in mir weiter herrschen.

Ich will so vieles in der Zukunft noch erreichen, aber das Schicksal spielt gegen mich, dennoch vertrau ich auf Gott und seinen Plan.

Das Glück liegt in unseren Händen, anstatt es aufblühen zu lassen, vergraben wir unser eigenes Glück mit unseren negativen Gedanken.

Irgendwann

Irgendwann wird er deinen Wert schätzen, aber dann musst du nach vorne und nicht mehr hinter dich schauen.

Irgendwann wird er dich vermissen, wenn er merkt, was er an dir hatte, aber in dem Moment darfst du das geschlossene Kapitel nicht mehr öffnen.

Irgendwann wird er sich fragen, wie konnte ich so eine Person gehen lassen, die alles für mich tat, die um mich geweint und gekämpft hat, aber in dem Moment wird es dir egal sein, denn du verdienst was Besseres.

Irgendwann wird er um dich weinen, doch andere Frauen werden seine Tränen nicht trocknen, sowie die Partys und Shisha Bars.

Irgendwann wird ihm klar, dass er die Frau fürs Leben gehen gelassen hat, die Frau die seine Tränen getrocknet hätte, die in schweren Zeiten seine Hand gehalten hätte, aber es ist zu spät, denn Gott hat für dich eine bessere Person vorbestimmt.

Man soll nicht hinter sich schauen, sonst verpasst man sein Glück in der Zukunft.

Lehre fürs Leben

Die glücklichen Menschen auf dieser Welt, die du jeden Tag siehst, haben nichts Besonderes an sich, was du nicht hast.

Diese Menschen haben nur eine besondere Eigenschaft, die jeder Mensch haben kann, aber nur die wenigen halten diese Eigenschaft für wichtig, um glücklich zu sein.

Diese Menschen lernen aus jeder negativen Sache die sie erleben und ziehen für sich eine Lehre daraus, was sie in der zukünftigen Zeit weiter bringen wird.

Wenn eine Person einen verlässt oder ausnutzt, dann verkriechen sich die meisten in ihrem Bett und heulen sich aus, was natürlich verständlich ist, immerhin ist ein Verlust sehr hart, aber wir verschwenden keine einzige Sekunde damit, um uns zu fragen, was wir für einen Vorteil draus haben, oder was für eine Lehre wir uns daraus ziehen können.

Die Einstellung muss stimmen, du brauchst nicht alles im Leben und musst Niederlagen, sowie Verluste hinnehmen, das Leben lehrt uns und wir müssen aus diese Lehren lernen.

Mama

Du gabst mir einen Sinn in meinem Leben, denn du hast mir beigebracht, wie man dieses Leben leben soll.

Ich trage dein Lächeln in meinem Gesicht und mein Herz blüht vor Freude auf, wenn ich dich glücklich sehe.

Deine Arme sind mein Palast, meine Sicherheit, der Ort in den ich mein ganzes Leben verbringen will.

Du hast so viel für mich getan und dies zu begleichen wäre unmöglich, deswegen bin ich dir mein Leben lang dankbar, ich kann meine Dankbarkeit zu dir nicht in Worte fassen.

Möge Gott das Paradies für dich bereihalten und dass du für immer glücklich bleibst, nimm mein Herz und lass mich zurück.

Ich gehe für dich über all die Berge dieser Welt, um dich für eine Sekunde zu sehen, ich würde alles aufgeben, um dich lachen zu sehen.

Dieser Text den ich für dich gerade schreib, soll dir zeigen, wie sehr ich dich liebe, denn keine Zeile ist gelogen.

Mein Herz weint

So vieles falsch gemacht in meinem Leben, so oft gesündigt und nicht bereut, auch wenn alles vergangen ist, mein Mund lacht, aber mein Herz weint.

Mutter, mein Herz weint, weil ich dich so oft mit meinen Worten verletzt habe, vergib mir, denn ich habe nicht an deine Gefühle gedacht und alles leicht über die Schultern genommen.

Vater, mein Herz weint, weil ich dich so selten in Arm genommen habe, um dir zu sagen, wie sehr ich dich liebe und wie stolz dein Sohn ist, deinen Namen zu tragen, vergib mir, denn mir fallen die Tränen bei dem Text.

Lieber Gott, mein Herz weint, weil ich so oft den Teufel gefolgt bin und nicht dran gedacht habe, was für ein Fehler das ist, ich war blind und heute bereue ich so vieles.

Mein Herz weint und mein Verstand versucht die Tränen zu stillen, denn es geht nach vorne, um gewisse Dinge zu ändern ist es zu spät, aber die Zukunft soll besser verlaufen, deswegen soll dies die letzte Kraft geben, mach weiter und gib niemals auf.

Mein Herz

Mein Herz zerbrach in deiner Hand, die Hand die ich so gerne hielt, die Hand, die mir Sicherheit gab, wenn ich sie hielt.

Mein Herz hat dich bedingungslos geliebt, ohne Zweifel an irgendetwas, warst du die Hauptperson in meinem Leben, ich hätte dir alles gegeben, damit du glücklich wirst.

Ich verlor wegen dir so viele Tränen, aber gehasst hab ich dich nie, ich hab nie aufgehört dich zu lieben, obwohl du mir so viele Gründe dazu gabst.

Jede Nacht warst du mein letzter Gedanke und morgens hab ich gehofft eine Nachricht von dir zu erhalten, ich habe so lange gewartet, weil die Sehnsucht zu dir so groß war.

Ob du mir glaubst oder nicht, ich konnte nicht mal essen wegen dem ganzen Schmerz, den du hinterlassen hast, als du gingst.

Ich erinnere mich so oft an die schöne Zeit, die wir hatten, dabei fallen mir die Tränen und zugleich lächle ich.

Pläne

Das Leben verläuft oft anders, als einige Pläne die man sich vorgenommen hat, aber es heißt nicht, dass du verloren hast, behalte dein Ziel immer vor Augen und ändere deinen Plan.

Du brauchst tausend Pläne um ein Ziel zu erreichen, denn auf dem Weg zum Ziel verläuft die Strecke nicht immer gerade.

Manchmal geht es bergauf und manchmal bergab, manchmal tauchen auf deine Stecke riesen Steine auf und manchmal verläuft alles wie nach Plan.

Dein Plan war nicht schlecht, dein Plan scheitert nicht, weil du dieser einen Aufgabe nicht gewachsen bist, sondern es ist der falsche Plan für dein Ziel.

Irgendwo gibt es keine Übereinstimmung zwischen deinem Plan und dem Ziel, deswegen suche nicht immer die Tür zum Aufgeben, sondern geh durch die Tür, durch die du die Fehler beheben kannst.

Manchmal zeichnet man seine Pläne und das Leben setzt dir irgendwo eine Barriere zwischen deinen Plänen, aber es gibt immer eine Lösung.

Sabr

Sabr ist, wenn dein Herz brennt, aber du immer noch geduldig bleibst und dir nichts anmerken lässt, weil niemand sehen soll, wie schlecht es dir geht.

Sabr ist, wenn alle anderen dich lächeln sehen, obwohl du innerlich weinst, auch wenn du die ganze Nacht geweint hast, setzt du dir morgens, mit Tränen in den Augen dein wunderschönes lächeln ins Gesicht auf.

Sabr ist, wenn dich so vieles quält, aber du standhaft alles erträgst und schweigst, weil du niemanden verletzen willst.

Sabr ist, wenn andere Menschen schlecht von dir reden und du nicht hinhörst, weil du weißt, wie du wirklich bist.

Sabr ist, wenn andere Menschen dich schlecht behandeln und du trotzdem diese Menschen liebst, weil sie dir was bedeuten.

Sabr ist, wenn eine Person dein Herz bricht und du trotzdem unter Tränen sagst, ich liebe diese Person über alles.

Sabr ist, wenn du fertig mit der Welt bist und du trotzdem an Gottes Plan glaubst, weil Gott mit den Geduldigen ist.

Sag mir

Sag mir, was ist schon die Liebe Wert, wenn der Mensch den du über alles liebst, auf dich und deine Liebe spuckt?

Sag mir, was ist schon eine Freundschaft Wert, wenn die Freunde für die du immer da warst, heute mit deinen Feinden abhängen?

Wann begegne ich meinem Glück und wann entfernt sich mein Pech von mir, sag mir, warum vergessen Menschen so schnell, was man alles für sie getan hat?

Ich habe ihre Tränen getrocknet, deren Leid beseitigt, ich hab sie vergessen lassen, was sie gequält hat und alles was ich dafür wollte war Loyalität, stattdessen bekam ich nur leere Versprechen, sag mir, ist das fair ?

Sag mir, gibt es noch wahrhaftige Menschen, in der heutigen kranken Zeit ? Ich wünsche jedem eine Person an der Seite die Loyalität und Anstand besitzt.

Auch wenn du so viele schlechte Erfahrungen gemacht hast, darfst du dich nicht einsperren, sondern sei bereit für neue Türen.

Sag nicht

Sag nicht, dass du nie wieder glücklich werden wirst. Was du verloren hast, wird Gott durch was Besseres ersetzen, deswegen gib die Hoffnung nie auf, glücklich zu werden.

Sag nicht, dass du ein schlechter Mensch bist und dass du an vielem Schuld bist, weil kein Mensch perfekt ist. Jeder von uns begeht Fehler und jeder von uns wird immer wieder Sündigen, doch der beste von uns ist der, der bereut.

Sag nicht, dass es für dich zu spät ist, etwas an dir zu ändern oder an manchen Dingen in deinem Leben. Solange die Zeit für dich schlägt, kannst du alles erreichen mit Gottes Hilfe.

Sag nicht, dass du vom Pech verfolgt bist, denn wir denken nicht an das was wir haben, sondern schauen zu oft auf den Besitz anderer, deswegen sind wir so oft unglücklich und sind nicht dankbar, dass wir ein gesundes Leben führen und genug Essen zu uns nehmen können.

Sag nicht, dass das Leben keinen Sinn ergibt, dass du hier zu nichts taugst, sei nicht blind und öffne deine Augen, mach dich auf der Suche nach dem Sinn.

Seitdem du weg bist

Du bist fortgegangen und hast mein lächeln mitgenommen, ich würde lügen, wenn ich sage, ich bin über dich hinweg.

Die Zeit mit dir war so kostbar, an deiner Seite wollte ich für immer bleiben, an deiner Seite wollte ich sterben, weil kein anderer Ort mich so glücklich gemacht hat.

Du warst die Hauptperson in meinem Leben, du hast mein Leben verändert, ich bin durch dich anders geworden, selbst meine Denkweise hast du verändert.

Ich habe es so genossen, als wir über unsere Zukunft sprachen, es war für mich zum Greifen nah, es war für mich, wie ein Traum, der in Erfüllung geht.

Ich habe nie dran gedacht, wie es ohne dich mal sein wird, weil ich jede Sekunde, die du bei mir warst genossen habe, es hat sich wie Heimat angefühlt.

Dein Verlust hab ich in dem Moment gar nicht realisiert in dem Moment, wo du mich verlassen hast, konnte ich es nicht glauben, ich dachte, es wäre ein Traum, aber heute scheint es die Realität zu sein.

Sie hat dich geliebt

Sie hat dich geliebt, obwohl du ihr Herz tausendmal in Brand gesetzt hast, obwohl du ihr alle Gründe gegeben hast, um dich zu hassen, hat sie deine Hand gehalten und stand loyal an deiner Seite.

Sie hat dich geliebt, so sehr geliebt, dass sie alles geduldig ertrug, die Nächte wo sie wegen dir geweint hat, die Tage an denen du sie ignoriert hast, die Tage wo du sie schlecht behandelt hast.

Sie hat bei deinen Fehlern immer weggeschaut, sie war nicht dumm, sie hat dich einfach nur von ganzem Herzen geliebt.

Sie hat immer gutes über dich erzählt und hat dir vertraut, aber du hast es ausgenutzt, ohne nachzudenken, wie sehr sie alles verletzen könnte.

Sie war so eine Frau, die lieber sich fallen lässt, bevor sie dich fallen sieht, aber du hast nie gesehen, wie wertvoll diese Frau ist, deswegen wirst du es bereuen, sie gehen gelassen zu haben.

Sie sagen

Sie sagen, dass sie für dich da sind, aber sind die ersten die gehen, wenn es mal zu schwer wird.

Sie sagen, dass sie dir immer zuhören werden, aber können nicht mal auf deine Nachricht antworten.

Sie sagen, dass sie Loyal sind, aber öffnest du deine Augen, dann siehst du sie mit deinen Feinden.

Sie sagen, dass sie dich und alles was du für sie tust schätzen, aber behandeln dich wie Dreck.

Sie sagen, dass sie dich nicht verlieren wollen, aber tun nichts dafür, dass du bleibst.

Sie sagen und versprechen, aber Taten sieht man nicht, deswegen verschwende deine Zeit nicht mit solchen Menschen.

Glaub mir, du brauchst solche Menschen nicht in deinem Leben und schon gar nicht um glücklich zu sein.

Vertrau mir, wenn ich sag lieber Bruder und liebe Schwester, du bist ohne sie besser dran, denn oft sind wir blind, wenn wir einen Menschen lieben.

Du darfst nicht blind sein, du musst deine Augen öffnen und auch mal gegen dein Herz entscheiden.

Taten

Wenn wir einen Menschen kennenlernen, dann verlieben wir uns in seine Worte, die schönen Sache, die uns erzählt und versprochen werden.

Wir schweben im siebten Himmel, sobald diese Person Töne von sich gibt, die wir gerne hören wollen, was uns für einen kurzen Moment glücklich machen lässt, bis wir merken, dass es nur leere Worte und versprechen sind.

Wir lassen uns nicht von Taten überzeugen, sondern folgen blind den Wörtern des Partners.

Wir wollen es nicht wahrhaben, dass es sein kann, dass all dies erfunden und gelogen ist, deswegen hoffen wir nur, dass Taten folgen.

Und so drehen wir uns im Kreis, bis wir ein Schlag ins Gesicht kriegen und diese Person uns verlässt, ohne schöne Taten hinterlassen zu haben, sondern nur leere Versprechen, an die wir uns erinnern und dran kaputt gehen.

Lass dich von Taten überzeugen, denn wer liebt, der zeigt dir seine Liebe durch Taten.

Vater

Vater, ich gucke dich an und sehe mich selber, denn mein Leben lang wollte ich wie du sein, du warst mein Vorbild, der Mann der mir Respekt beigebracht hat.

Vater, du bist der Mann, der mir beigebracht hat, wie man eine Frau liebt, wie man eine Frau behandelt und wie viel die eigene Frau wert ist, denn du warst zu meiner Königin sowas wie ein Diamant.

Vater, du hast Ehre und Stolz immer groß geschrieben, du hast immer fair gehandelt und wolltest für niemanden das Schlechte.

Dein Herz ist aus Gold, deine Tränen waren echt, als du geweint hast, dein Herz weicher als Wolle. Ich möchte ein Teil von deiner Persönlichkeit haben.

Vater, ich bin dir für immer dankbar, was du mir gelehrt hast, wie du mich erzogen hast. Du hast dein Sohn zu einem Kämpfer gemacht, deswegen schreibe ich heute diese Zeilen, denn du hast mir beigebracht, die eigenen Ziele zu verfolgen.

Veränderung

Es wird sich vieles verändern, wenn du anfängst neue Türen zu öffnen und die anderen schließt, wenn du nicht ständig versuchst, die alten Türen wieder öffnen zu wollen.

Wenn du an dir arbeitest und den Willen hast, dass sich was verändert, wenn du mit Menschen abschießt, die dich verletzt haben.

Wenn du anfängst nach vorne zu schauen und die Vergangenheit hinter dir lässt. Es ist nicht leicht, aber wer wirklich was verändern will, dem steht nur einer im Weg und das bist du selbst.

Du selber stehst dir im Weg und kein anderer, es liegt in deiner Hand, ob du an dir was veränderst oder nicht.

Der Weg ist nicht leicht, aber wer glücklich sein will, muss erstmal schmecken, wie bitter dieses Leben sein kann, der muss durch einen steinigen Weg laufen, um Dinge zu schätzen, wenn es einem gut geht, damit man nicht alles als selbstverständlich sieht.

Du brauchst keine Angst zu haben, dass du scheitern wirst, oder es nicht schaffst, du solltest Angst haben, wenn du es nicht gemacht hast, obwohl du es geschafft hättest.

Verschwendete Zeit

Sag mir, wie viel Zeit hast du in Menschen investiert, die dich hinterher verraten haben und du dennoch hast du dich weiter mit solchen Menschen befasst.

Die Beziehung, die du geführt hast, hat dir nicht nur weh getan, sondern es hat so viel Zeit von deinem Leben genommen und diese Zeit wird nie wieder zurückkehren.

Wenn du im Leben was tust, dann sei dir erst mal sicher, ob die Zeit es wert ist, die du in diese eine Sache investieren musst, denn die Zeit ist dein Kapital und dein Kapital hat ein Limit.

Die Zeit, wo du trauerst, wegen Menschen, denen es egal ist, ob du bei ihnen bist oder nicht, kannst du in was anderes stecken, denn eines Tages wirst du es bereuen, denn dies ist einfach nur eine verlorene Zeit.

Wir haben nicht viel Zeit, deswegen kann ein Mensch es sich nicht leisten, die Zeit ohne einen Sinn zu vergeuden, aber uns ist nicht bewusst, wie wichtig unsere Jugend ist, deswegen bedeutet uns die Zeit nichts mehr und wir verschwenden unsere Zeit.

Wann scheitern wir ?

Wann scheitern wir; wenn wir auf unserem Weg hinfallen oder wenn etwas nicht nach Plan läuft?

Wir scheitern erst, wenn wir anfangen zu denken, dass wir gescheitert haben, wenn wir dadurch anfangen an uns selbst zu zweifeln, denn dieses Scheitern ist ein erfundenes Wort von den Leuten, die nicht mehr kämpfen wollen.

Wenn du etwas verloren hast oder Dinge im Leben nicht geschafft hast, dann nenn es nicht scheitern, denn nichts passiert ohne Grund.

Manchmal scheinen Dinge so schlimm, aber genau diese Dinge die wir als schlimm ansehen, sind für uns die besten, deswegen ist es kein scheitern, sondern Gott bewahrt uns vor etwas, was wir nicht in unserem Leben brauchen.

Eine Beziehung, die für dich mit dem Übel endet, ist keine gescheiterte Beziehung, sondern eine Erfahrung für dich und eine Lehre für dein Leben.

Sag nicht, dass du gescheitert bist, sondern zieh die positiven Dinge aus jeder Sache heraus und lass dich nicht unterkriegen, denn das Scheitern beginnt erst, wenn wir glauben, dass wir gescheitert sind.

Warte

Warte auf die Person, die Person die ihre Worte zu Taten umsetzt.

Warte auf die Person, die Loyal bleibt, auch wenn Fremde euch auseinander bringen wollen.

Warte auf die Person, die dich wertschätzt und dies ständig beweist, wie wert sie dich schätzt.

Warte auf die Person, die ihre Versprechen hält und zu dem steht, was sie sagt.

Warte auf die Person, die sich nicht verstellt und stolz ist, wenn sie über dich redet.

Warte auf die Person, die sich nicht schämen muss für irgendeine Eigenschaft von dir, denn sie nimmt dich so, wie du bist.

Wart auf die Person, die sich ständig um die Liebe bemüht, damit du das Gefühlt bekommst, wirklich geliebt zu werden.

Möge Gott jedem so eine Person schenken.

Zeit

Manchmal kommt eine Zeit, wo man keine Hoffnung mehr sieht, man sieht alles schwarz um sich, egal was man tut, es ist falsch oder fühlt sich falsch an.

Tagsüber versucht man die Gefühle zu verdrängen, wenn man im Bett liegt, kommen einem jedoch die Tränen, man fühlt sich allein, weil man das Gefühl hat, dass keiner dich wirklich versteht, auch wenn sie dir zu hören.

Wenn du diese Zeit gerade durchmachst, wirst du diese Worte verstehen, denn was man nicht erlebt, kann man nicht fühlen.

In dieser Zeit musst du Geduld und Standhaftigkeit beweisen, egal wie sehr es schmerzt, du bist nicht allein, denn du hast dich und glaub mir das ist das Wichtigste.

Vergiss die alte Zeit, heute ist eine neue Zeit, nach jedem Satz, den du gerade liest, läuft deine neue Zeit, deswegen nutze die Zeit und mach was aus deinem Leben.

Du musst dich selber glücklich machen, deswegen schau nach vorn und denk dran, die Zeit bleibt nicht stehen.

Loyalität

Loyalität heißt, wir werden zusammen sterben und der einzige, der uns auseinander bringen kann ist Gott.

Loyalität ist mehr als nur ein Wort, es ist ein Gesetz, denn wenn einer von uns fällt, dann fallen beide.

Loyalität heißt, dass wir zusammen durch die harte Zeit laufen und diese zusammen durchstehen.

Niemand lässt den anderen alleine zurück, wir gehen gemeinsam einen Weg, eine Richtung und haben ein Ziel.

Wenn du etwas erreichst, dann gönne ich dir das dreifache nochmal, dein Erfolg ist mein Erfolg und mein Erfolg ist dein Erfolg.

Wir teilen vielleicht nicht immer dieselben Meinungen, aber kein Konflikt würde uns auseinander reißen.

Wir respektieren uns, ehren uns und haben denselben Stolz.

Wer dich verletzt, hat automatisch mich verletzt, unsere Herzen schlagen füreinander.

Echte Freunde

Echte Freunde stehen hinter dir, wenn alle anderen gegen dich sind, wenn alle anderen nicht die gleiche Meinung teilen wie du.

Echte Freunde würden lieber durch das Feuer laufen, als dich zu verraten oder deinen Feinden die Hand zu reichen.

Echte Freunde haben die selben Feinde wie du und teilen alles was sie haben mit dir.

Wenn du lachst, dann siehst du sie auch lachen, wenn du verletzt bist, dann sind sie die ersten, die dir die Hand reichen.

Wenn du fällst, dann fangen sie dich auf und geben dir Kraft, um wieder auf den Beinen zu stehen.

Echte Freunde kennen kein Rückzug, sie gehen mit dir in den Krieg und verteidigen dich, denn Loyal sein ist für sie das wichtigste.

Echte Freunde erleben mit dir die schlimmste Zeit, aber am Ende sind sie die, die mit dir lachen.

Champion

Die Zeiten haben sich verändert, was gestern unmöglich schien, ist heute machbar, weil man sich fokussiert hat, das Ziel immer vor sich gehalten hat.

Man ist raus gegangen und hat sich alles bestens vor Augen gehalten, man hat alles genau geplant, man hat nicht auf andere gehört, weil man wusste, wohin man wollte.

Es gab harte Tage, wo man für einen kurzen Augenblick dran gedacht hat alles hin zu schmeißen, aber am nächsten Morgen wurden die Tränen, die Nachts vergossen wurden weggewischt und es ging weiter.

Es war kalt, aber nichts hindert einen weiter zu laufen, wenn man den Glauben an Gott mit sich trägt und der einzige, der uns aufhalten kann, ist der Allmächtige.

Es gab Momente, an denen man vieles verloren hat, es gab Momente, wo man vieles gewonnen hat, das ist der Lauf der Dinge und man hat sich auf alles immer gut vorbereitet.

So gehen Champions in das Leben rein, wie führst du dein Leben, denkst du ans Aufgeben?

Denk drüber nach..

Träume

Träume kann man verwirklichen, wenn man den Mut dazu hat etwas neues zu kreieren, sich Wege öffnet, die man sich noch nie geöffnet hat.

Es muss im Herzen beginnen, wenn du es wirklich willst, dann wird dein Herz für diese eine Sache brennen, es wird dich nach vorne treiben, wenn dich dein Mut verlassen sollte.

Heute ist ein neuer Tag, eine neue Chance sich weiter zu entwickeln und nicht stehen zu bleiben, es ist nicht schwer, aber wir wollen nicht mehr tun, als wir tun müssen.

Wenn du etwas erreichen willst, wenn du deine Träume verwirklichen willst, dann musst du über die 100 Prozent gehen.

Du musst beißen, wenn es brennt und Stärke zeigen, wenn es weh tut, denn nur so verwirklicht man seine Träume.

Keiner hat es bis nach oben geschafft, ohne durch den Dreck zu laufen, jeder fängt klein an, aber nicht jeder macht seine Sache zu etwas Großem.

Nachts

Nachts wenn sich alle anderen hinlegen zum Schlafen, bleib ich wach und denk über die Probleme und Sorgen nach, als gäbe es kein Morgen.

Die Gedanken quälen mich innerlich und die Erinnerungen verletzen mich, aber schau mich an, ich lebe.

Die Tränen Nachts sind zur Gewohnheit geworden, aber wem interessiert es schon, es sieht keiner und ich rede drüber ungern.

Ich bin ein Mensch, der dir ins Gesicht lächelt und diesen Schmerz runter schluckt, aber die wenigsten sehen dies.

Was man tagsüber verdrängt, kommt Nachts hoch und lässt uns nicht schlafen, als wären wir gefesselt in einem Traum.

Nachts sieht keiner unsere Tränen und wir wollen es auch keinem zeigen, denn wir wollen nicht schwach rüber kommen.

Der Kampf zwischen Herz und Verstand beginnt Nachts, wenn wir schlafen wollen, wenn wir uns ausruhen wollen.

Schau nicht

Schau nicht auf den Dreck unter deinen Füßen, sondern halt dein Blick nach oben zu den Sternen, lass dich nicht von den Problemen überschwämmen und stell dich gerade gegen alles.

Der Weg ist steinig und hart, aber schau nicht nach unten, wenn du fällst, du musst dein Kopf nach oben halten und dir einreden, dass du es schaffen wirst.

Wenn du nicht an dich glaubst, wer soll es sonst tun, geh deinen Weg im Alleingang und schau nicht hin, wenn andere über dich reden, ist es dein oder ihr Leben?

Lass dich nicht von anderen beeinflussen, sie wollen, dass du scheiterst, deswegen reden sie dir ein, dass du es nie schaffen wirst, aber du musst dich weiterhin darauf fokussieren und niemals den Blick Richtung Ziel verlieren.

Was in der Vergangenheit passiert ist, das soll auch in der Vergangenheit ruhen, deswegen schau nicht hinter dich und kümmere dich um deine Zukunft, gestalte sie so, wie du sie haben willst und sei glücklich.

Was uns hindert, an unserem Traum zu halten, sind wir selbst, wer seine Träume nur träumt, der wird sie nicht verwirklichen können.

Verbotene Liebe

Zwei Herzen, die sich gegenseitig lieben sollte man nicht trennen, aber leider nehmen sich viele das Recht dazu, außer Gott hat keiner was über das Schicksal zu bestimmen.

Gott entscheidet, wer füreinander bestimmt ist und wer nicht, also wer will mir sagen, dass es zwischen zwei Personen die sich lieben niemals was werden wird.

Wir sind alle Menschen und funktionieren auch gleich, es gibt gute und schlechte, die einen zeigen sich von ihrer besten Seite, während die anderen ihren Glauben, ihr Land und ihre Familie in den Dreck ziehen, dennoch sollte man nicht alle in einen Topf stecken.

Es trifft mich innerlich, wenn ich zwei Personen sehe, die sich eine Zukunft zusammen so sehr wünschen, aber denen keine Chance gelassen wird, was aus ihnen aufzubauen.

Es bleiben Narben im Herzen, wenn eine Person von der anderen gerissen wird, nur weil man bei den beiden keine Zukunft sieht.

Wenn zwei Herzen zusammen glücklich sind, dann sollen sie für ewig zusammen glücklich bleiben, denn Liebe kennt keine Hindernisse.

Eines Tages

Eines Tages wird dir Gott geben, was deine Seele sich schon immer gewünscht hat, aber eins musst du bedenken, alles kommt zur seiner Zeit, deswegen darfst du nicht zweifeln.

Eines Tages scheint für dich die Sonne und du findest dein Glück, auch wenn du nicht dran glaubst, weil du immer tiefer in den ganzen Sorgen fällst, du sollst bedenken, nach der Erschwernis kommt die Erleichterung.

Manchmal hören die Regentage nicht auf und man will sich aufgeben, aber eines Tages öffnet dir Gott eine Tür, durch die du einen Ausweg findest, wenn die Zeit gekommen ist, dann wird es so ein, glaub fest dran.

Eines Tages wirst du erfahren, warum manche Menschen nicht in deinem Leben geblieben sind, denn nichts passiert ohne Grund und Gott weiß es am besten.

Wenn der Teufel den linken Weg entlang geht, dann musst du dich für den rechten Weg entscheiden, egal wie verlockend der andere Weg ist, wir verlieren alles, sobald wir den Teufel folgen.

Geh nie wieder weg

Geh nie wieder weg von mir, ich brauche dich hier, ich brauche dich hier in meinem Leben, ich gebe dir mein Herz, nur bitte lächle für mich, denn ich ertrage den Anblick nicht, wenn du traurig bist.

Geh nie wieder weg von mir, ich will dich für die Ewigkeit, deine Hand will ich für immer festhalten und deine Liebe soll für immer mir gehören.

Komm in meinen Armen, ich gib dir ein Zuhause und will dir jemand, was Schlechtes so soll er meine andere Seite kennen lernen.

Auch wenn ich manchmal anders bin, kannst du auf mich zählen, auch wenn ich sauer bin, bleibst du mein Glück, mein Diamant und mein Herz schlägt für dich.

Hayatim, schau mir in die Augen und sag mir, ob meine Augen dich anlügen, ich bin blind vor Liebe geworden und das deinetwegen.

Keine andere Frau kann sich mit dir messen, geh nie wieder weg, denn so eine wundervolle Frau finde ich kein zweites Mal.

Mein Herz und Verstand haben sich in dich verliebt, deswegen geh nie wieder fort, denn ohne dich würde ich mich leer fühlen.

Momente

Es gibt Momente die uns zum Lachen bringen und Momente die uns zum Weinen bringen.

Wir erleben Momente wo uns die Kraft verlässt und Momente an denen wir wieder Hoffnung bekommen.

An manchen momenten machen wir uns so verrückt über Dinge, die für andere harmlos erscheinen.

Schließen unsere Augen, um einige Momente wieder zu fühlen, an denen wir wunschlos glücklich waren.

Öffnen unsere Augen, um einige Momente nicht bildlich zu sehen, weil sie uns immer wieder innerlich so hart treffen.

Wir verkraften vieles, aber an manchen momenten fallen wir nieder und sehen kein Licht mehr in der Ferne.

Es gibt Momente die uns zeichnen, an denen wir eiskalt wurden, an denen wir uns verbrannt haben und an die wir uns ungerne erinnern.

Es gibt Momente die uns gelehrt haben, dass das Leben viel mehr zu bieten hat, als Trauer und Schmerz, an denen wir uns wieder gefunden haben.

Ihre letzten Worte

Ihre letzten Worte waren, ich werde dich immer lieben, während Tränen über ihre Wangen flossen.

Bevor er sie verlassen hat, hat sie ihm gesagt, dass keine andere Frau ihn so sehr lieben wird, dabei hat sie gehofft, dass er sie im Arm nimmt und bei ihr bleibt.

Sie hatte alle Gründe ihn zu hassen, aber mit Tränen in den Augen waren ihre letzten Worte, „bitte pass auf dich auf und solltest du dein Herz jemals verlieren, dann vergiss nicht, dass du meins für immer bei dir hast.´´

In dem Moment, wo er sie stehen gelassen hat, sprach sie zu Gott für ihn ein letztes Gebet, lieber Gott beschütze ihn und verzeih ihm seine Fehler.

Dies waren die letzten Worte von einem Mädchen, das aufrichtig geliebt hat, die bis zum letzten Moment treu und loyal blieb und drüber hinaus noch treu bleibt.

Bruder, wenn deine Frau innerlich für dich brennt, dann verlass sie nicht, denn du wirst es bereuen.

Denk drüber nach, bevor du Entscheidungen triffst, lass dich nicht vom Teufel führen und behandle sie mit Ehre.

Eins der größten Gewinne dieses Lebens ist, wenn du eine aufrichtige Frau an deiner Seite hast, halt sie fest.

Die Reise

Deine Reise beginnt bei deiner Geburt und endet mit deinem Tod, was dazwischen ist, dafür bist du selbst verantwortlich.

Welche Richtung du nimmst, welchen Weg du gehst, du musst dir klar machen, dass wir eine begrenzte Zeit auf dieser Welt haben, deswegen suche nach dem Sinn und entfern dich von jeglicher Negativität.

Wenn du ungerecht behandelt wurdest, dann sei nicht wütend, weil Gott alles sieht und jeder bekommt am Ende das was er verdient.

Keine schlechte Tat bleibt unbestraft und keine gute Tat wird nicht belohnt, alles kommt zur seiner Zeit, du musst geduldig sein.

Wer Gutes auf dieser Welt hinterlässt, den wird man für immer in guter Erinnerung haben, die Schlechten werden verdrängt, oder vergessen, bleib du ein guter Mensch.

Laufe nicht mit der Masse und plane dir deine eigene Reise, lass dir nicht sagen, was richtig und falsch ist, denn jeder muss es selber wissen.

Keiner hat das Recht über andere zu urteilen, außer Gott.

Deine Geschichte

Jeder Mensch hat seine eigene Geschichte, die einen erzählen wir gerne jemanden, aber es gibt welche, die uns verletzen, deswegen behalten wir sie für uns.

Es ist nicht schlimm, wenn du stolperst, wenn deine Geschichte schmerzvoll beginnt, was schlimm ist, wenn du deine Geschichte nicht zum positiven Ende lenkst und drauf hoffst, dass das Schicksal dir irgendwann das Glück in die Hand drückt.

Wer hofft, den werden keine Türen geöffnet, du musst aufstehen und was aus deiner Geschichte machen, sie so schreiben, dass deine Kinder eine Lehre draus ziehen können.

Was hindert uns unsere eigene Geschichte groß zu machen, was hält uns zurück, du kannst alles schaffen, wenn du den Mut hast, deine eigene Geschichte so zu schreiben, wie du sie gerne hättest.

Auch wenn das Übel durch unsere Geschichte kreuzt, müssen wir sie weiter schreiben und am Ende unseres Weges ein Happy End hinterlassen.

Hör auf zu weinen

Hör auf zu weinen, ich kann deine Sorgen verstehen, aber unsere Zeit ist zu kurz, um uns einzusperren und nie wieder zu lächeln.

Es mag sein, dass vieles in deinem Leben schiefgelaufen ist, aber was uns nicht tötet, macht uns nur stärker, deswegen behalte deine Balance und lass dich nicht unterkriegen.

Steh auf, du darfst nicht mehr weinen und Dinge so laufen lassen, als könntest du dagegen nichts tun, du kannst vieles verändern, glaub an dich.

Was hält dich fest, die Vergangenheit, oder die Angst? Du darfst nicht drüber nachdenken, was passieren würde, wenn alles schief läuft, sondern denk drüber nach, was passiert, wenn du es schaffst.

Hör auf zu weinen und denk nicht, dass die Zeit für dich zu Ende ist, schau auf die Uhr sie schlägt noch für dich und solange sie schlägt, kannst du was ändern.

Hör auf zu weinen, es werden gute Zeiten kommen, auch wenn du nicht mehr dran glaubst, es heißt, dass schöne Dinge ihre Zeit brauchen, deswegen behalt den Fokus und verliere dich nicht.

Vermisse

Es stimmt, wenn man sagt, dass die Kindheit die beste Zeit ist, denn wie sehr wünsche ich mir wieder ein Kind zu sein und keine Sorgen zu haben.

Ich vermisse die alte Zeit, die Zeit wo ich glücklich war, wo man gespielt hat, ohne Wut oder Hass gegen Menschen zu empfinden.

Ich vermisse die Zeit, als wir auf dem Pausenhof spielten und nicht über die Zukunft nachdenken mussten, wo wir keine Angst haben mussten.

Man vermisst so vieles im Leben und am meisten ärgern wir uns über die Zeit, weil sie so schnell verging, ohne sie zurück drehen zu können.

Manchmal schaut man sich Bilder an und wünscht sich so sehr diese Momente wieder zu erleben, aber dies ist unmöglich, denn was fortgegangen ist, bleibt in der Vergangenheit.

Man vermisst so vieles im Leben, weil sich mit dem Alter sich vieles verändert, das Leben wird härter, die Sorgen immer mehr und die Regentage häufen sich.

Kämpferherz

Wenn du den Willen hast, etwas zu erreichen, dann wird dich keiner aufhalten können.

Du musst ein Kämpferherz haben, was nicht bricht, wenn alle anderen versuchen dich zu brechen, wenn sie dich fallen sehen wollen.

Du bist unbesiegbar, wenn du ein Kämpferherz hast, wenn du weißt, wohin du gehen willst und wo du eines Tages stehen möchtest, wo dein Ziel ist.

Wer kämpft, der kann verlieren, aber wer nicht kämpft, kann auch nicht gewinnen.

Stärke dein Kämpferherz und bleib niemals stehen, auch wenn du tausend mal fällst, steh auf und motiviere dich weiter und weiter.

Bau dich immer wieder auf, es ist dein Leben und du entscheidest, was aus dir wird.

Sei ehrgeizig und bring dich nach vorne, schau nicht auf andere und fokussiere dich auf dich selber, lass die anderen den Weg gehen, den sie wollen.

Du musst selber wissen, was für dich das richtige ist, deswegen lass dir niemals von anderen was einreden von anderen.

Das letzte Mal

Das letzte Mal, dass ich dir Zeilen widme, nach dem Text hier bist du für mich Geschichte.

Ich bin nicht traurig, dass du mich verlassen hast, nur enttäuscht, wie du dich benommen hast, nachdem was ich alles für dich getan habe.

Ich werde mit dir abschließen, das Kapitel mit uns ist beendet, auch wenn es für mich sehr schwer ist, dennoch muss ich weiter nach vorn schauen.

Mein Glück werde ich eines Tages begegnen, denn bei Gott ist alles schon festgelegt, deswegen mach ich mir keine Sorgen.

Was ich tat, kam von Herzen, aber du hast es nie geschätzt, es war für mich sehr verletzend, aber was dich verletzt, kann dich nur stärker machen.

Es war eine Lehre für mich, deswegen schau ich positiv nach vorne, was du von mir denkst, soll mir egal sein, Gott sieht alles.

Ich wünsche dir das Beste und viel Gesundheit. Aus uns wird nie wieder was, deswegen lebe wohl.

Zitate

Egal, was für eine Zeit du durchgemacht hast, oder wie viele Menschen dich verlassen haben. Wichtig ist, dass du dir treu bleibst, denn du alleine entscheidest, ob du liegen bleibst, oder aufstehst.

Nur die Liebe einer Löwin macht dich zu einem Löwen, nicht die Aufmerksamkeit tausender anderer Frauen.

Du bist stark, wenn du deine Schwächen kennst. Du bist schön, wenn du deine Fehler schätzt und du bist weise, wenn du aus deinen Fehlern lernst.

Du würdest ihm alles verzeihen, obwohl du weißt, du bist undschuldig.

Du weißt, dass du die richtige Entscheidungen getroffen hast, wenn du Ruhe im Herzen hast.

Schweig, du brauchst nichts mehr erzählen. Geh, du wirst meine Liebe nicht mehr bekommen, denn du hast mich wie Dreck behandelt und das werde ich nie vergessen.

Heute lachst du, aber eines Tages wird dein Herz brennen. Brennen, weil du merkst, was für einen Diamanten du gehen gelassen hast. Du wirst kaputt gehen, weil du merkst, dass sie gelernt hat, ohne dich glücklich zu sein. Du wirst innerlich brennen, weil sie nie wieder zurückkommen wird.

Wie kannst du es Liebe nennen, wenn es dich nur kaputt macht? Man sollte sich vergewissern, dass nicht alles was goldig aussieht, auch wirklich Gold ist. Manchmal täuscht man sich, so ist es auch bei den Menschen. Sehe nicht jeden als Verlust.

Zeig ihr, dass sie die einzige ist, beschütze sie, töte alle mit deinem Blick, wenn sie auch nur im entferntesten in ihre Richtung schauen, mach jedem klar, dass sie dir gehört, kümmere dich um sie, ohne dass sie danach fragen muss, überrasche sie, rede mit ihr über tiefgründige Dinge, zeig ihr eine Seite, die sonst keiner von dir kennt, sei dominant, zeig ihr, dass sie sich auf dich verlassen kann.

Ich wünschte, ich hätte eine Person, mit der ich über alles reden könnte, ohne Angst zu haben, dass diese Person morgen plötzlich verschwindet. Ich wünschte, ich hätte eine Person, die zu mir loyal ist, egal wie ich drauf bin, die zu mir hält, auch wenn ich es nicht verdient hätte.

Alles was ich will ist jemand, der mir zurückschreibt, der bleibt, der an mich glaubt.

Laufe nicht dem nach, der ohne dich sein Glück findet. Finde jemanden, der ohne dich nicht leben mag.

Du hast keinen besten Freund. Ein Mann teilt seine Frau nicht.

Sie erzählen dir irgendwas über die Liebe, aber haben jede Woche einen anderen Partner. Sie erzählen dir irgendwas über Loyalität, aber sind diejenigen, die dir in den Rücken fallen. Sie erzählen dir irgendwas über die Ehre, aber verhalten sich wie Hunde.

Warte auf dein Glück, aber vergiss nicht, ihm die Tür zu öffnen.

Doch vergiss nicht, ich war da, ganz egal wie viel Stress war. Immer als du fielst, hielt ich deine Hand etwas fester.

Ruf sie morgens an und sag ihr, dass du sie liebst.

Der Mensch, der schreit wird zwar gehört, aber seine Worte werden vergessen. Der ruhige Mensch braucht nicht reden, seine Taten sprechen für sich.

Liebes, ich weiß, dass es Tage gibt, wo man sich schwach fühlt, wo es dir einfach nicht gut geht. Dennoch sollst du dich nicht mehr kaputt machen, denn diese Zeit wird vergehen. Bleib standhaft, weil nach jeder grauen Wolke ein Sonnenschein folgt. Bleib geduldig, ich verspreche dir, dass du alles überstehen wirst.

Doch keiner weiß, wie schwarz es wirklich in mir aussieht. Jeder erzählt, dass ich vergessen soll, aber wie? Es kann sein, dass du mich lächeln siehst, aber ich lächle lieber, als euch zu erklären, was in mir vorgeht.

Wenn du sie schlecht behandelst, dann kann sie nichts tun. Aber vergiss nicht, Gott sieht alles und zählt ihre Tränen.

Selbst wenn du ein Feuer in meiner Hand wärst, ich würde dich festhalten mit dem Wissen, dass du mich verbrennen wirst.

Ein Wort hat kein Wert mehr, wenn es kein Menschen gibt, den man noch glaubt.

Trauer niemanden nach, der dich einfach so verlassen hat.

Nicht jeder, der lacht ist auch wirklich glücklich.

Findest du neben deiner Frau eine andere attraktiv, hast du bis heute nicht verstanden, wie man liebt.

Konzentriere dich auf die Dinge, die dich glücklich machen, der Rest ist deine Zeit nicht wert.

Wenn du keine Kraft für deine Taten hast, dann streng dich bei deinen Worten auch nicht an.

Wenn sie ihr Herz für dich öffnet, dann schließe die Augen für andere Frauen.

Man liebt einen Menschen, weil man etwas in ihm sieht, dass kein anderer sehen kann.

Mach dich von niemanden abhängig und versuch all deine Ziele aus eigener Kraft zu erreichen.

Manchmal kommt eine Zeit, wo man keine Hoffnung mehr sieht, man sieht alles schwarz um sich.

Ich werde uns aufgeben. Nicht weil ich dich nicht mehr will, sondern ich hab eingesehen, dass ich dir nicht mehr wichtig bin

Manchmal muss man verstehen, dass es keinen Sinn macht sein Herz für jemanden in Brand zu setzen, dem man egal ist, auch wenn man denkt, dass dieser Mensch sich ändern wird. Glaub mir, bis dahin wirst du wegen dieser Liebe niederbrennen.

Wir verbregen unseren Kummer, indem wir unser Herz weinen lassen, anstatt unsere Augen.

Ganz egal wie weit und wohin wir uns bewegen, ich hoffe du bist an meiner Seite.

Ich hab dich von Anfang an so geliebt wie du bist.

Was schlimmer ist als verletzt zu werden? Wenn es gerade die Menschen tun, die deine größten Schwachstellen kennen, wissen dass du leidest, wissend dass es dich verbrennt.

37634427R00047

Printed in Poland
by Amazon Fulfillment
Poland Sp. z o.o., Wrocław